詩集

空を歩む

谷本州子

土曜美術社出版販売

詩集　空を歩む　＊　目次

I

II

カバー画／森中喬章

詩集　空を歩む

I

パンデミック

世界中が見えない挑戦状
聞こえない警告に
怯えている

伊賀鉄道西大手駅は
中学校　旧藤堂藩校のむこうに
高等学校　小学校が並ぶ通りに近い
朝のひととき
群れ泳ぐ魚のような流れがあった

三月初めから
セキレイが一、二羽長い尾で挨拶
駅舎の屋根からカラスが監視するばかり

子供を足留めし
観光客を寄せ付けず
集会やイベント中止の連絡が錯綜
柳の若芽が催花雨に垂れている

全人類を食い破る勢いに
裏返されてしまった日常
忘れていた苦渋の過去を
掻き集めるように
マスク　トイレットペーパーを求め

開店前の大規模店に並ぶ

パンデミック
クラスター
オーバーシュート
世界のどこにこんなことばが
潜んでいたのか
突然立ち現われ突き付けられた

笑顔の待つところへ
笑顔で出かけられる日は
カレンダーのどこにも見当たらない

二〇二〇年三月二十日

火中に

世界中のあらゆる所
足元に火が付いている
怪火が燃えている
治まったかと見回すと
別の所で火の手が
上がっている
外出自粛の駆け巡る報道に
消毒液とマスクで逃れ
門を閉ざして

蟄居するしかない

人類は
「万物の霊長」と
思い上がってきたが
社会構造を踏みにじり
所在不明の火を吐く怪物に
近い行く先でさえ
焦げ付かされてしまった

忘れる間もなく来る天災
異常気象
地球の上げている烽火に
危機感がなさすぎた

美食が過ぎて疾病に至るほど
食い散らし
自然の本質を損ねてきた
人類

山へ柴刈りに行くおじいさん
川で洗濯するおばあさんを
呼び戻せるか
節約　作り直し　使い回しの
長い日本の来し方

使い放題　使い捨て　賞味期限切れ廃棄
新型コロナウイルスは

幽霊の浜風に逢っている地球からの
最後通告ではないか

見えない火中に立たされている
人類
多くの動植物を消滅させてきて
自ら招いた
絶滅危惧の窮地

二〇二〇年三月三十日

足止め

半分開けた窓から
花びらが舞い込んできた
公園の桜か　小学校の桜か
「きょう緊急事態宣言」の新聞の上に

想像を絶する魔物の続出に
休校　休園　休館　休店
春たけなわに穴籠りの要請

世界中の人間は突然
大きな羽を捥ぎ取られ
大きな鰓を切り取られ
渡来渡航は不可能に

東京　神奈川　大阪　兵庫　福岡の詩友に
掛けることばが見付からない
心を虎落笛が揺すっている

ツバメは昔ながらのツバメの生き方
檜も昔のままの佇まい
目に余る自然破壊を重ねている人間
促された猛省に応えねばならない
ワクチンと特効薬の行き渡る日を待つのみ

マスク

急遽
マスクを着けることが
外出の必須条件になった

売切れ　入荷予定なし
戦中戦後の記憶に煽られ
錆びた鋏を研ぎ　有り合わせの布を裁断
物置台にしていたミシンを起こし
マスクを作る　作る　作る

外国の物語の王様の好物　マンゴー
楊貴妃御所望の茘枝《れいし》までも
手軽に賞味できる日常
筋肉を使わない生き方を追求し続ける人間
「待った」をかけたのは
地球を守る大きな力が突き付けた
目に見えない爆発物

運動場にサツマイモを植えた時代があった
大幅に輸入に頼っている
先進国日本の食糧事情
チューリップ　シバザクラ　バラ　ショウブ
散策禁止の広大な花園に

新型コロナウイルスは高笑い
第一次産業は素通り

真っ赤な大輪のバラを携え
差し上げた絞り染めのマスクの友が
玄関先に

二〇二〇年五月十八日

蟄居の五月

中心街に差し掛かる大通り
アーチに掲げられた
「ようおいでなして《よく来て下さいました》」の横断幕は
突然外され
「忍法　おうちで忍べ」に変身

どこで出番を待っていたのか
姿なく声なく新型の魔物は
ヒトを乗っ取り

握手をし爆笑し
満員電車でくしゃみをし
深夜まで酒を酌み交わし
短時間で人間社会を制覇してしまった

戦中の防空頭巾作り
サツマイモの買出しを
風化の引出しから探り当て
母親はマスク作り
父親はトイレットペーパーを求めて
隣の街まで
子供達は家に帰ってしまったまま
ぶらんこも滑り台も遊び相手を失った

五月の予定は通院のみ
営巣のツバメが薫る風を独り占め

化粧を濃いめに
「忍者フェスタ」のために用意した
花柄のブラウスで
ひたすらマスクを作る

二〇二〇年夏

寝間着が浴衣だった頃
夜遅くまで家中開け放っていた
寝ている児がいる蚊帳の中で
ふざけている子供達
団扇を手にテレビに夢中の大人たち
歩いて帰る町中
幻灯機で見るような一こま一こま
自宅前では蚊取線香を焚いて

縁台将棋の隣人と義父　見物人数人
冗談口をたたいて家に入る
どこにも忍者はいなかった

音なく声なく暗躍は江戸時代の伊賀者
伊賀に生まれただけで隠密に長けた者と
警戒される節があった

暗いイメージを払拭
近頃は伊賀市の観光の目玉
近府県からの観光客は
赤黄青などの忍者着に変身
真っ昼間の町中を親子で仲間で闊歩
手裏剣道場などを巡っていた

新型コロナウイルスは二〇二〇年春夏
姿なく声なく世界中を打ちのめしている
外出自粛は百日以上
どの家も鍵を掛けて引き籠り
芸能人の離婚不倫は身近かに
近所のことは遠のいている
「井戸端会議」が絶滅して久しい

マスクの季語は冬
猛暑にマスクが求められる今夏
蟄居して敵の撤退を待ち
赤黄青の折り紙で手裏剣を折る
町内会も一役買って

観光客を迎える日のために

二〇二〇年七月二十日

メダカ

ふるさとの夏空は
雑木林から迫り上がってくる入道雲の
晴れ舞台
変わらない空合い

しかし　地上の模様はどうだ
集落唯一の枝川に群れていたメダカは
水車とともに居場所を失った

父親手作りの竹箒を振り回して
夕刻の畦道を追いかけた
ホタルの住処はとうにない
春先のオキナグサ
初夏のシライトソウ
晩秋のリンドウ
どれもこれも時代の餌食になってしまった
野の素顔は見られない

自然を欺いてきたここ数十年
温暖化　豪雨　土石流
自然の人間に向ける銃口は
厳しさを増している

明朝もこれまでと変わらない太陽が
登ってくるだろうか
ふるさとの未来は
すっかり視野を狭めている

戦時中　政府の目を掠めて
青い目の人形エリザベス・ハイネちゃんを
擁護し通した　ふるさと

メダカの卵は
山家の水槽で
自然への帰路を捜している

恥じる

家が壊れたわけではない
道が不通になったわけでもないが
天災による人災のために
避難指示が出され
八年を経ても解除されない地域がある

梅や桜が咲いても愛でる人はなく
鈴生りの梅を加工することも叶わない
住み馴れた土地を追われた日

大きな壺の梅干を
持ち出すことはできなかった

戻りたい所が
記憶の中にしかない人々のことが
頭をよぎる
つっ走り続けての先進国の片隅で
災難を免れて生きている
何の支えにもなっていない自分を
恥じている

大気に読まれる

散水が蟻の行列にかかった
多くは行き場を失ない
行く先は大幅に崩された

太古から多くの願いを成就しての今日
まだまだ叶えてほしい頼みがある
猛暑を二十度ばかり極寒の地に
豪雨を旱魃の国に慈雨として
台風は反時計回り

時計回りを仕立て消滅させる
激震にはどう立ち向かうべきか

このところ大気は人間の生き様に
明らかに激怒している
蟻の味方をしている

大気を読んでいるが
姿勢を正さず
温暖化を加速させて
なおこの虫のよさ
ますます大気に読まれるばかり

II

おめでとう

村人達は打ち下ろす鍬に
力が入らなかった

子供だった頃
青年達は次々に赤紙に
連れ去られて行った
「おめでとう」「おめでとう」だけが
闊歩していたが

押し付けられた台詞にすぎなかった

本音は土蔵の長持に押し込め
二ページきっかりの
連戦連勝の新聞を
不自由していた鼻紙や落し紙に

空元気の「おめでとう」「おめでとう」
子供心にも勝ち目がないと
思うようになっていった
学歴低く純朴な青年達は
応召入営後どんなに生きづらかっただろう

七十五年をかけて

密林をひそかに脱け出し
鳥になって帰ってきた
高台の戦没者の墓の前に
くわえていたものを落とした
花立ても線香立ても
落葉に埋まったまま
なつかしい人達は墓石になっている

出身の小学校はすでに廃校
めでたくないことを
「おめでとう」としか言えない子供達を
二度と育ててはならない

鎮守の杜

鎮守の杜の大樹群
江戸時代に建立された神社を囲う
杉の一本一本は村の歴史を知り尽くしている

国民学校低学年だった時
氏子総代だった父は
山高帽子　鳶合羽　羽織袴で参じた
国民学校中学年だった時

出征兵士を見送るために
雪が降る朝も夏休み中も
平日も授業そっちのけで
境内に整列して万歳を三唱した

小学校高学年だった時
盆踊り　秋祭の獅子舞の復活に
解放感を堪能した

今も変わらない一張羅で参拝する
宮参り　七五三　還暦　米寿
鎮守の杜の樹々とともに
出征兵士を見送る日が
永久にないことを祈るばかりだ

竹

夢は本を飛び出すことはないと
昔話や物語を読んでいた

「桃太郎」のおばあさんさながらに
川で洗濯をしていた
戦後間もなく
リーダー「ジャックアンドベティ」では
お母さんが洗濯機を使っていた

一九五〇年代　憲法が地に着いて
先進国が視野に入る破竹の勢い
テレビや電気冷蔵庫とともに
洗濯機がわが家にも居座った

機械化で取り残された
棚田やだんだん畑は
竹が勢力圏を増大し続けている

現代の貴公子達は
かぐや姫の住む月へ行く難題に
立ち向かってきた
実現する日はそう遠くないと
竹取物語の翁に知らせたい

竹藪では鶯が鳴き交わしている
筍掘りの媼のわたしは
思わず鳴き声に呼応する

憲法九条に修正液を手にする
けはいが濃厚だ
竹槍になりたい竹はない

二〇一九年五月十二日
物干し竿の洗濯物がはしゃぐ

賞味期限

娘は冷蔵庫を点検して
「こんにゃくの賞味期限切れてるよ」

「りんごの歌」が流行っていた頃
中学校の修学旅行は京都一泊だった
木造二階の薄暗い旅館に着くと
先生の最初の指示は
弁当の残りを捨てることだった
リュックサックから取り出していると

数人のおじさんが慌てて入ってきて
「おくれ　おくれ」
と折り箱を集め回った
「腐ってるでえ」
「かまへん　ご飯は久しぶりや」
秋晴れの一日を持ち歩いた弁当
賞味期限ということばはなかったが

巻き寿司や卵焼きを作るたび
あの日のおじさん達を思い出す

こんにゃくは賞味期限を三日過ぎているだけ
わたし自身よりましではないか
おいしく調理する

さつまいも

旬になっても待たれている様子はない
さりげなくスーパーに並べられている
紅はるか　鳴門金時　安納芋
足を止める人は少ない

戦後になっても
護国芋と言っていたさつまいもを
取り入れを待ちかねて買出しが来た
ローカル電車を降りて

なお徒歩一時間はかかるわが家にも
大きなリュックに物々交換の
着物などを詰めてやって来た
「四、五年経てば都会は田舎に勝つ」
母が蒸したさつまいもとたくわんで昼食
芋を背負った男の捨て台詞

食　衣　住の順に日本は立ち直り
護国芋は大きいばかりで味が悪いと見捨てられ

戦中戦後
くすぶる籾殻の熱い灰の中から
拾い上げた焼芋に
今も支えられている

戦後七十三年

わたしは彼女に何を言ったのだろう
どんな態度をとったのだろう
彼女の顔は瞬時にくもり
わたしは逃れようのない
裂け目に突き落とされた

詩の合評会の休憩時間
親しくしてもらっていた
被爆者のＹ子さん

語りべだった

浅はかな同情だったのか
傍観者でしかない発言だったのか
ことばは熔けてしまって
巻き戻しはできない

この世に地獄があった
人類史上かつてなかった奈落を
経験してしまった彼女

その後Y子さんからの
年賀状は途絶えた
合評会に来られなくなった

二、三年後　訃報が伝えられた

昭和二十年
艦載機は田んぼで草取りの
農婦まで狙い始めた
Ｂ29が谷間の空を
我が物顔に飛び交った
七十三年経った今も
飛行機雲を見ると
空が怖くなる

核兵器の不安が解消したら
真っ先に彼女に伝えたい

国旗

メディアを通してのわたしたちも
体中の細胞を国旗にして喜び合った
二〇一八年二月　冬季五輪

とりわけ酷寒の日が多かった今冬
大きな日の丸が表彰台を輝かせるたびに
春は接近した

お国のために命令に従順だった子供の頃

わら半紙の真ん中に丸を書き
赤いクレヨンを塗った小旗で出征兵士を送った
バンザイ　バンザイの絶叫の陰で
旗で顔を隠して泣いている一群があった

井戸端や桑畑で囁かれていた敗戦が現実になり
国防色の上衣を花柄に着替えた
小旗は墨で塗りつぶされた教科書以上に
居場所を失った

長年置き忘れていた日の丸の小旗は
平昌冬季五輪で大きな旗となり
何の締めつけもない日本の背中の上に
さわやかに掲げられた

空を歩む

道があるのか　ないのか
千切れ雲が
薄青一色の空を
少しずつ形を変えながら
舞うように滑るように
秋に向かっていく
何の妨げもなく
何の気掛りもなく
昨日より今日

地上が平穏であることを
願っているかのように

一九四五年夏
日本の上空は
軍用飛行機の飛行機雲で切り裂かれ
広島　長崎はきのこ雲に焼き尽くされた
数知れない生き物が絶命させられた

戦後七十五年の今年
戦後千年　戦後一万年
戦後はどこまでも続いてほしい
戦いのない暮しは徐々に開け

盥は洗濯機に
焜炉は電子レンジに
在来線は新幹線に

しかし
ひとりひとりの心は
立ち遅れたままだ
職場や学校でのいじめ
幼な児に対する親の虐待
世界のどこかで
戦争を引き摺っている
人の心は
退化しているのではないか

徐々に密かに分断が進む気配の
国々の間柄
人工雲を待っている空はない

油照りの空の下
マスクを付けて
右往左往する人間達
熱中症の終息は先が見える
新型コロナウイルスの命は
人間の行動次第
空を歩む心地である

二〇二〇年八月二十日

Ⅲ

月ヶ瀬梅渓

淀川上流名張川を見下ろす険しい渓谷
笹鳴きに促され梅の花が綻び始める
一万本の梅林は
せっかちな探梅客を満足させる
早咲きがあり
まだまだ固いつぼみもあり
三か月をかけて咲き継ぐ

地元の人々は観梅客に

鎌倉時代に逃げ延びてきた
後醍醐天皇の侍女園生《そのお》姫を
迎え入れたのと同じ応対

園生姫が教えてくれた
烏梅《うばい》作りで
本格化した梅林
急峻な谷間に咲き渡る梅花
競うのではない
誇るのでもない
枝元であっても枝先であっても
控え目に咲き匂うその趣に
多くの文人墨客が名作を産み
いちはやく梅の名勝となった

鶯のさえずりの中での施肥　草刈り
老鶯の応援を得ての収穫　加工
地鳴きに寄り添いながらの
年末までの剪定
烏梅　梅干　しそ巻き　砂糖漬等々
他の農林特産物　温泉とともに
加味されている人情

今年も中西さん宅では
半夏生になると
烏梅作りの荘重な時間が
流れ始めるだろう
紅花染めの媒染剤として

お水取りに赤い椿を咲かせるために
解熱や咳止めにと待つ人達のために

尾山天神社に植樹が遠つ祖の
月ヶ瀬梅渓は
空も山も流れも梅色　梅の香
揺るぎなく
年輪を重ね続けている

赤い前掛け

水子観音に抱かれたひとりの水子地蔵
足下に這い寄る三人
その周りに立つ三十数体
ひとりひとり施主が違うのだろう
少しずつ異なる赤い前掛け
彼岸西風が戯れている

編笠百合と水仙が供えられている
赤い小さな前掛けの一群

菩提寺の西　文殊堂前

お母さんに抱き締められたかっただろう
お母さんの笑顔を見上げながら
乳房を独り占めしたかっただろう
子守歌はなく
名前さえなく
泣くすべもなく
水子観音の下へ

生まれることができなかったのは
親の都合か
胎児の生命力が尽きたのか

子だくさんだった時代
物資欠乏の最中
親はどの子にも愛を満たしていた

親の虐待が度々報じられる昨今
親が人間でなくてよかったと
他の動物は呆れているだろう
少子高齢化を嘆く日本
自分も歩調を合わせていた

高野槙の高みで
鶯が鳴き始めた

水子観音に抱かれているひとりと

足下の三人に
赤い前掛けを縫う
フリルを付けて
涎掛けのような前掛けを縫う

赤いカーネーション

母の日の黄昏時　花屋の店先の桶に
疲れ気味の赤いカーネーションが一本
店内だけが必要以上に明るい
外灯が不明瞭なことばを投げ掛けてくる
高速道路を降りてきた風が桶を揺する
小さな街の閉店時刻は早い
頭上のシャッターが気忙しく下がりたがる
赤いカーネーションは落ち着かなかった

その時　杖に導かれて女性がやってきた
「おかあさん」と声を掛ける人はすでに亡く
「おかあさん」と呼ばれたことはない
近所の人である

女性は仏壇用の花を求めた
店主の青年は
「じょうず《いつも》　おおきに《ありがとう》」
と赤いカーネーションをおまけに包んだ

おくるみの赤ん坊のように抱かれて
店を出た赤いカーネーションは
生気を取り戻した

絞る

全校生百二十余名の小学校
子供達は点在する集落から
山風を背負って通ってきた

掃除時間終了のチャイムが鳴る
当番は新しい水を汲んで来る
我勝ちに雑巾を濯ぐ
力の限り絞り担任に渡す

担任は三年生十八人の
ひとりひとりに合わせて絞り直す
二、三滴落としてみたり
滴らせてみたり
水が出なければ子供が勝ちというゲーム

四、五日経つと
棒状に巻いた雑巾を
ふたりがかりで捩じる方法が流行した
「明日は勝てるよ」
黒板や床　腰板の声援を受け
担任との握手で
いやなことは絞り出し
よかったことは握り締め

帰っていった子供達

三十数年も前のこと
木造校舎は鉄筋になり
今や廃校になってしまった
夏本番の今日あたり
彼等はタオルを絞るほど汗をかいて
働き盛りを謳歌しているだろう
元担任は過去からあふれて落ちてくる
水滴に潤っている

夏雲

挨拶のひとことが
縁側にあった野球のボールを弾ませ
キャッチボールが始まった

速球もカーブもフォークボールも
このボールは経験がない
やさしい仕種で相手のグローブの
一番安心できるところを目指すのが身上
受け取りやすいボールが返ってくる

相手を飛び越えたり
バウンドだったりしても
お互いに笑って済ませる

思い過ごしや思い込みで
暴投したのは過去のこと
ボールを受け取るたびに
相手の心の鮮度が増していく
稜線に頭を並べ
ふたりを見守る夏雲

汗が光る相手の笑顔を
確かにキャッチした

呼ばれる

作り慣れた合わせ調味料のように
「奥さん今日は穴子がお得でっせ」
屋号入りの前掛けに呼び止められると
「それじゃ二人前見計って」
と若奥さんを演じ
笑顔を天こ盛りにしていた
二十代の独身の頃

三十代になって子持ちになっているのに

「おじょうさん」と呼ばれると
ことばのひれに
化粧塩を付けたりして

シルバー人材センターからの
草刈りの男性に
「おかあさん」を連発されて
ほろ苦い味を嚙みしだく

電車の席などで
「おばあさん」と話し掛けられることがある
この手のえぐみは
小口切りにして灰汁抜きする

「おばさん何してるの」
通学路に面した玄関先で
切干し大根の準備をしていると
初物の白桃のような頬っぺたが
覗き込んだ
「おばさん」は八方だしのようなもの
おいしさを満面に
切れ味のよい包丁で千六本に切って
ざるに広げる

地蔵盆会式

二十数体の石地蔵さん
道路拡張で引っ越しを繰り返し
大通り脇のわずかな土地のお堂に
雑居を余儀なくされ
地蔵盆会式　八月二十四日

熱帯夜を引きずったままの朝日が
右肩を上げて近づいてくる
小学生二人と昭和の子供達が

香花を手向け　手作りの赤い前掛けを新調
八時　町内の僧侶の読経に
信号待ちの車列も神妙

わたしの足下のブタナに
開張三センチにも満たない
風の欠片のようなヤマトシジミ
地蔵堂の方を向いて身じろぎもしない
灰白色の羽裏に畳み込んだ
二週間程度の命

読経は影のふりして通行人にも付いていく
今やシャッター街ながら
この日は地蔵さん方もひときわにこやか

楼車《だんじり》巡行　（二〇一五年十月二十五日）

上野天神祭
国指定重要無形民俗文化財
ユネスコ無形文化遺産
四百余年の伝統の晴れ舞台
午前九時好天の下　九基の楼車は
息を整え　歩調を合わせ
御輿　鬼行列に続いて出発した
法螺貝や太鼓　祇園囃子で
祭気分が一気に盛り上がり

調子よく巡業が始まった

約二百メートル進んだ時点で
くじ順が最後の楼車が
突然　止まった
役員や引き手の手段に応じない
急遽　大工のＳさんに助けを求めた

引き手やお囃子の子供達
大勢の見物客の見守る中
わずか三十分で立ち直った楼車
通りを拍手が揺るがし
子供達が奏でる笛　太鼓　鉦の音に
晴れ晴れと曳行された

芋茎《ずいき》

軽自動車は返上して
新しいシニア・カーで来た友
「貰ったが酢の物の作り方がわからない」
と里芋の葉柄芋茎を伴い

仁徳天皇のご心痛をよそに
炊煙が立たなくなった頃から
炊事を「おなり」という伊賀ことばは抜け落ち
構えは昔のままの田舎家ながら

「しっぷく台」と言っていたちゃぶ台は
テーブルになり
「おくどはん」はガスレンジに
焜炉や杵臼は土蔵の奥に

芋茎の酢のものは「せんば」と呼ばれ
売り物にならない小芋の
「衣かつぎ」とともに
時代の篩《ふるい》に掛けられてしまった

皮を剥き四、五センチに切って
塩揉みして茹で
三杯酢をかければ
たちまち赤紫色

秋の宴席の常連だった

母が鍋底の煤を鎌の背でこそげていた頃
食べきれない芋茎は
吊干し大根や干柿とともに
晩秋の軒下を奪い合っていた

おせちの早割の注文書が来た
冬場の常備菜でもある
田作り　昆布巻　黒豆は
どのページの重箱でも申し訳程度

残った芋茎を軒下の小春日に預け
「いもがら」に仕上げる

土間の野菜

わたしは
出荷に不向きで
はね除けられた野菜で出来ている

父は田仕事の合間に
青物を市場に出していた
早朝　母と小学生のわたしは
町に向かう父のリヤカーを
峠まで押した

初霜から遅霜の頃まで
峠の凹みに設けられた炭焼窯の煙が
遠くに来てしまったわたしの
登校を後押しした

土付きのまま土間に残っている野菜類は
家族のために育ったもの
わが家の副菜の常連は
二股の大根　人参　折れた牛蒡
野ねずみのかじった芋などだった
母の包丁はその面影を残すことなく
新鮮さが際立っていた

かまどの火の守役だった父に凭れて
柴の煙に咽びながら
父の得意の歴史物語を隠し味に
煮上がるのを待った

曲がっていても大根
割れていても人参
土間にあった末裔達は
今もわたしに一番よく似合う

花がつお

中学生になった正男の弁当は
毎日　御飯の上に
醤油をかけた花がつおのみ
母親代わりをしてくれていた
叔母が嫁いで
小学校用務員の父との暮し
叔父が魚屋なので
花がつおはいつも大袋であった

二人を見捨てた母は
卵焼きも手作りハンバーグも
いっしょに連れ去った
正男の渾名は「ネコ」
「大好きや　飽きへんで」
程よく醬油の染み込んだ弁当を
成績と同じく他人と比べなかった

二学期に入り席替えがあり
良介が隣になった
良介の弁当はソーセージの他は
家で取れたかぼちゃやピーマンなど
「食べる?」
良介は弁当箱を差し出した

正男は一切れずつつまんだ
「ぼくとこおばあちゃんが作ってくれる
お母ちゃんは入院や　一生治らへん」
「おばあちゃん　上手やなあ」
「明日はもっといっぱい入れてもらうわ」

正男が良介の家へ
花がつおと宿題をもって訪ねてから
約四十年
良介は長じて魚市場に勤め
もう長年バス運転手の正男に
花がつおのお歳暮が届けられている

ふるさと

戦争が始まる前に生まれた
正月には手作りの凧が
自在に空の高みから
霜焼け　あかぎれの
洟を垂らした子供達を
操っていた

山陰の田んぼに
氷がしっかり張った朝は

村中の子供が稲株の間を
滑りまくった
繋がれなくてよかった犬は
転けた子供に真っ先に
走り寄っていた

休耕田になって久しく
竹が生え猪が子連れで走っている
農家の庭先は
寒椿を訪う目白だけ
飛石は独楽回し　雀取りの罠　缶蹴りの
記憶が薄れてしまった
わたしも荷担している
ふるさとの引き算

あとがき

詩集『乗換え駅』を出して五年が経ちました。このあたりで一冊に纏め、今後の対策を見極めたいです。

生き物はすべて場所も時も親も、自分で選んで生まれてきたものはありません。受身で始まったのは、魚でも鳥でもなく人間でした。生まれて以来大切な岐路は、すべて受身です。詩を書く選択は自分でやったように見えて、大きな力の計らいによるものかもしれません。御蔭様で、詩に支えられて、厳しい受身の数々を克服してきました。新型コロナウイルスのため、日常の自由は大幅に奪われていますが「言論の自由」に今のところ感染の心配がないのは幸いです。

伊賀市は芭蕉の生誕地です。毎年十月十二日に、芭蕉祭が盛大に行われ、全国の俳人が大勢来られます。句会、講演会など俳句を深める機会はたくさんあります。俳句にそっぽを向いている訳ではありませんが詩に拘ってきました。

伊賀市で人生の大半を暮らし、このありふれた盆地の風土がますます好きになっています。詩の根はこの地にあります。物欲だけを追っているかに見える日本社会への批判をも含め、静かに書いてきました。他の多くの生き物が、子供を生めなくなったら間も

なく一生を終えます。人間はその倍以上しっかり生かされています。他に生まなければならないものがあるからです。人の役に立つための年月です。日常の具象的な素材を、目の粗い笊で掬い上げたようなことばを連ねて、詩と言えるのかどうか、笊の目をもっと細かくしなければなりません。書きたいことがまだ十分書ききれていない状態ですが、お読み下さったお方に一編でも共感していただければうれしいです。何のお役にも立たないことですが。

今回もカバー画は、美術文化協会会員の森中喬章様にお願いしました。昨年秋の個展に出品されていた作品で、画題は「遷移」です。昨年九月、米寿の祝いをされたばかりなのに、今年春、急逝されました。少年の頃から、納得のいく画を描きたいと、ことばで表わせない心の内を、画で語り続けられた人生でした。誠実なお方で地域の絵画指導も熱心に永年取り組まれました。この詩集を手渡しできなかったのが残念です。心よりご冥福をお祈り申し上げます。

日頃親しくさせていただいています詩友の皆様ありがとうございます。この詩集のために大変お世話になりました土曜美術社出版販売社主高木祐子様、「詩と思想」編集長中村不二夫様、装丁の直井和夫様、深くお礼申し上げます。

二〇二〇年初秋

谷本州子

著者略歴

谷本州子（たにもと・くにこ／本名・邦子）

一九三五年　三重県伊賀市に生まれる
一九五七年　詩集『林道』（私家版）
一九七三年　詩集『村と町の間』（公立学校共済組合本部）
一九八七年　詩集『植物期間』（花神社）
一九九九年　詩集『春星のかなたに』（石の詩会）
二〇〇二年　作品「綾取り」伊東静雄賞（奨励賞）
二〇〇六年　詩集『綾取り』（土曜美術社出版販売）
二〇一〇年　詩集『ソシオグラム』（土曜美術社出版販売）二〇一一年　第五四回農民文学賞
二〇一五年　詩集『乗換え駅』（土曜美術社出版販売）
所属　「花筏」「リヴィエール」同人　日本現代詩人会、三重県詩人クラブ

詩集　空《そら》を歩《あゆ》む

発　行　二〇二〇年十一月二十三日

著　者　谷本州子
装　丁　直井和夫
発行者　高木祐子
発行所　土曜美術社出版販売
〒162-0813　東京都新宿区東五軒町三—一〇
電　話　〇三—五二二九—〇七三〇
FAX　〇三—五二二九—〇七三二
振　替　〇〇一六〇—九—七五六九〇九

印刷・製本　モリモト印刷

ISBN978-4-8120-2603-8　C0092